O ano do elefante

Editora Appris Ltda.
1.ª Edição - Copyright© 2022 do autor
Direitos de Edição Reservados à Editora Appris Ltda.

Nenhuma parte desta obra poderá ser utilizada indevidamente, sem estar de acordo com a Lei nº 9.610/98. Se incorreções forem encontradas, serão de exclusiva responsabilidade de seus organizadores. Foi realizado o Depósito Legal na Fundação Biblioteca Nacional, de acordo com as Leis n.ᵒˢ 10.994, de 14/12/2004, e 12.192, de 14/01/2010.

Catalogação na Fonte
Elaborada por: Josefina A. S. Guedes
Bibliotecária CRB 9/870

O482a 2022	Oliveira, Leonardo de O ano do elefante / Leonardo de Oliveira. - 1. ed. - Curitiba: Appris, 2022. 119 p.; 21 cm.
	ISBN 978-65-250-2102-7
	1. Poesia brasileira. 2. Poesia moderna. 3. Poesia latino-americana I. Título. II. Série.
	CDD – 869.1

Appris
editora

Editora e Livraria Appris Ltda.
Av. Manoel Ribas, 2265 – Mercês
Curitiba/PR – CEP: 80810-002
Tel. (41) 3156 - 4731
www.editoraappris.com.br

Printed in Brazil
Impresso no Brasil

Leonardo de Oliveira

O ano do elefante

FICHA TÉCNICA

EDITORIAL
Augusto V. de A. Coelho
Marli Caetano
Sara C. de Andrade Coelho

COMITÊ EDITORIAL
Andréa Barbosa Gouveia (UFPR)
Jacques de Lima Ferreira (UP)
Marilda Aparecida Behrens (PUCPR)
Ana El Achkar (UNIVERSO/RJ)
Conrado Moreira Mendes (PUC-MG)
Eliete Correia dos Santos (UEPB)
Fabiano Santos (UERJ/IESP)
Francinete Fernandes de Sousa (UEPB)
Francisco Carlos Duarte (PUCPR)
Francisco de Assis (Fiam-Faam, SP, Brasil)
Juliana Reichert Assunção Tonelli (UEL)
Maria Aparecida Barbosa (USP)
Maria Helena Zamora (PUC-Rio)
Maria Margarida de Andrade (Umack)
Roque Ismael da Costa Güllich (UFFS)
Toni Reis (UFPR)
Valdomiro de Oliveira (UFPR)
Valério Brusamolin (IFPR)

ASSESSORIA EDITORIAL
Lucas Casarini

REVISÃO
Bruna Fernanda Martins

PRODUÇÃO EDITORIAL
Bruna Holmen

DIAGRAMAÇÃO
Renata Cristina Lopes Miccelli

CAPA
Sheila Alves

ILUSTRAÇÃO
Bruno Mittmann

COMUNICAÇÃO
Carlos Eduardo Pereira
Débora Nazário
Karla Pipolo Olegário

LIVRARIAS E EVENTOS
Estevão Misael

GERÊNCIA DE FINANÇAS
Selma Maria Fernandes do Valle

AGRADECIMENTOS

À artista cujo nome desconheço que, quando eu tinha 15 anos, pintou um mural com uma poesia de Augusto dos Anjos na escola. Ali, descobri o que a poesia podia ser. Agradeço a todos esses artistas que inspiram mesmo sem saber.

À minha família, amigues, parcerias artísticas, colegas e a todos os encontros que aqui deságuam.

Com quantas mãos
Se faz uma poesia?
Eu não sei contar multidões...

PREFÁCIO

Em sua obra inaugural, o poeta faz desacontecimentos. Nega a flecha para, logo depois, desejar ser atravessado por ela. Ao experimentarmos os poemas, podemos sentir algum gosto de poeira estelar. Seus versos são noturnos. Leonardo dá-nos a ver um eu-poeta tragado de ontens, em uma composição de sérias e desobedientes cambalhotas. Ao acompanhar a obra, testemunhamos um processo de estilização da existência. O eu da escritura não cessa de outrificar a si mesmo.

Adentramos seus poemas sem aviso ou advertência, não há anúncio para imaginarmos o porvir. Já ao despertar da manhã, alguém serve-se de *uma colher de desespero no café*, efeito dos retrocessos amargos do contemporâneo. Em um primeiro movimento do livro, deparamo-nos com desencontros, com marcas do isolamento que nos forçaram afetos tristes e não nos permitiram abraçar, com a ingenuidade dos que acreditam ser possível passar ilesas/os pelos terremotos. Também presenciamos aqui, em ato, a fricção texto-escritor: em um gesto de tessitura viva, o poeta tem sua escrita interrompida por *um poema que não sabe acabar*.

Então, uma represa rompe. Um elefante torna-se nômade. O corpo em pane. Paixão. Pontos de incêndio alastram-se. Fugas. Os tambores acordam a cidade. O verbo quer velocidade para denunciar o inadiável, é maquinaria de guerra contra a guerra. Há amor.

No segundo tempo do livro, a potência política urge com sagacidade, visibilizando que afetos alegres não podem ser governados.

Com uma poética sensível que faz da delicadeza um gesto amoroso e da revolta uma poesia-molotov para desarmar a política de morte de nosso tempo, *O ano do elefante* é um livro de travessias. Está para nos provar, uma vez mais, que *desejo não pode ser represado por matéria sólida.*

Amanda Cappellari
Psicóloga, mestre e doutoranda pelo PPGPSI (UFRGS)

SUMÁRIO

O ano do elefante

13

Incêndios

58

O ANO DO ELEFANTE

Silenciosa como um vaso de flores,
no quarto cheirando a vinho e cigarros.
Desarrumou as gavetas, só pra arrumar de novo.
Sob a luz da meia tarde as rosas murcham,
o mundo em chamas.
Janelas verdes, ar parado, asas cortadas,
borboleta aprisionada sob o vidro.
Outro cigarro, outro filme, a noite se avoluma.
O silêncio se intensifica, grita:
ninguém sabe do amanhecer, ciência inexata.
A densidade do mundo se junta à fumaça do cigarro
e ela traga.
— Que a noite me traga alento — disse ao vento,
e a luz se apaga.

Nas profundezas da superfície,
cheio de vazios,
sangro o vento de fora pra dentro:
desaconteço.
Fronteiriço,
areia movediça,
inexisto, ocaso, acaso e fúria.
Vivo nos entres
Nos tudos
Nos nadas.
Sou acorde de passagem
com a passagem já comprada.
Eu, rio, mar,
eu rio lágrimas.
Nos espaços em branco entre os contos
faço morada.
E o que vem cm seguida, amigo?
Pergunta pra próxima página.

São tantas saudades,
que até me dá saudade
de não ter tanta saudade.

Ingenuidade pensar
que estaria imune ao toque e aos beijos,
que a chuva não molharia meus sapatos novos,
e o tempo não queimaria minha pele.
Que eu veria a flor das cerejeiras,
e não pulsaria em mim a primavera.
Eu falaria de vulcões,
e não teria como resposta a aurora.
Que eu dormiria em meio aos fogos de artifício,
sairia ileso do vendaval.
Que eu salvaria a cidade quando a represa rompesse,
e que a gravidade me manteria preso ao chão...
Achei que não dormiria em nuvens.
Que eu beberia o licor mais doce e mataria a sede.
Que pastorearia as tempestades sem colher
relâmpagos,
e plantaria pupas no peito,
sem revoadas de mariposas.
Ingenuidade pensar...

Montado em cavalos fantasmas
subo pelas paredes.
As luzes da rua projetam sombras,
ar rarefeito
na janela e no peito neblina.
As aranhas tecem silêncios.
no inverno dos toques,
no afélio da epiderme,
as paredes rangem, estreitam.
O teto já alcança a nuca.
Montado em cavalos fantasmas
subo pelas paredes.
meu nome é falta,
e o que mais pode ser dito?

Cultivo

Todas as sementes que plantei
Com carinho em tua epiderme,
E no fim ainda restou
O que ficou à flor da pele.

Lembra da noite em que perdeu teus deuses?
a noite em que a febre ardia em brasa
tua casa-pele.
Os poros suspiravam,
tua íris respirava
e a madrugada eram os titãs
e as estrelas anjos caídos.
Te lembra dos delírios que o sereno trazia
na noite insone,
e os ruídos da cidade que te faziam companhia?
Pois te lembra então,
refresca essa memória.
Abre a janela,
tua cortina de correr.
Recorda o fogo de artifício
a tormenta
o terremoto
e o dia em que tomou o olimpo
com tuas tropas de poesia,
com as sirenes noturnas
e tua risada sarcástica:
sem medo
sem tédio
sem culpa
sem amarra
ou pudor.
Sem deuses
naquela noite insone.

Avisa lá o padre!
Cancela o exorcismo.
Conversei com meus demônios,
já são quase meus amigos.

Tomé e o mofo na kitnet

Cercam-me as neblinas
do teu êxodo,
e os mares da pia
dividem-se.
O gênesis é a cafeteira,
e o apocalipse
a forminha de gelo vazia.
Meu humor varia
de romanos a salmos,
tangos a sambas.
40 anos no deserto 3x4,
e eu sei que só te creio
quando enxergar tuas chagas
pelo olho mágico da porta.

Não consigo dormir.
Fico aqui pensando,
queria ter a altivez dos que sentem sem medo,
a coragem dos que olham pro sol sem queimar a vista.
Queria ter a força dos que têm sede
e a simples imagem da água lhes basta como
esperança.
Lhes bastam palavras.
Lhes bastam acenos.
Queria ter menos intensidade, menos intenção.
Queria desinflar o peito e ter a morosidade da
água morna,
queria ter menos revoadas em mim,
menos gavetas para revirar.
Queria extirpar a tristeza com um só golpe de poesia,
com um só golpe de Clarice, de Leminski.
Queria sentir só verões, só primaveras,
só noites de lua, sacada e vinho tinto.
Queria não querer tanto.
Queria me contentar com o dia, com as horas e
os minutos.
Queria correr na estrada descalço, sem motivo,
a não ser colocar um pé depois do outro.
Queria que um passarinho me ouvisse
e cantarolasse uma música comigo,
pra aliviar todo pesar, todo peso,
mas às 3 da manhã não tem passarinho.

Até a geladeira fez silêncio.
Queria que essa escuridão fosse uma velha amiga,
que me consola e enxuga as lágrimas,
que me acalma e diz como uma mãe pra um bebê que
acordou de sobressalto:
vai ficar tudo bem, passou, passou.
Queria ter a audácia dos navegadores,
ser movido pelo vento, pelo sonho,
em direção a um novo continente,
mas não ouço brisa, e tudo repousa, menos eu.
Queria não querer tanto,
só o que me é dado,
só o que eu pudesse levar a tiracolo,
mas quero tanto, e querer é pouco.
A geladeira voltou a ronronar.
Queria que parir esse poema
fosse como um unguento de ervas na ferida,
e Neruda seria meu pajé.
Meu guru. Meu escudeiro. Meu irmão.
E tudo estaria bem.
Mas nada disso é verdade,
e na verdade palavras são pouco.
Queria não querer tanto.

Que posso eu falar do futuro?
não sou vidente, astrólogo, nem meteorologista.
Até sei falar de nuvens,
mas não sei se depois da chuva vem sol,
sei do presente, e só do que tem cor e cheiro.
e ainda assim, tateio.
sobre depois desse baile de máscaras
depois dessas noites febris no bunker
depois dessa quarentena, desse estio,
sobre amanhã sei do meu desejo.
Vou tirar os beijos e abraços mofados
do bolso do casaco,
e lhes dar nome e sobrenome
vou recolher todas as palavras cachalotes
encalhadas na língua
e lhes dar endereço.
todos olhares escondidos nas frestas da varanda
e lhes dar vazão.
Desejo não precisar me arrepender de novo
de não ter feito o suficiente
de não ter visto estrelas e vagalumes,
compartilhado girassóis.
Nada vai ser igual,
e isso assusta meu desejo.
Quase caio
homem na corda bamba
quase que o granizo me pega

(e eu não sou meteorologista)
mas no pós-pandemia
o amanhã é meu veleiro,
e eu navego pela neblina
com velas de utopia.

Rompo os véus transcendentes,
pinto a sala com minhas cores foscas,
passo um café:
meia-luz.
Aterro os pés no tapete,
cutuco minha dor,
remexo nas agulhas,
me sinto vivo,
e ali morro um pouco,
outra vez.
Me vem teu nome,
penso em pássaros,
mando embora os turistas da represa:
ela vai romper.
Submerjo,
morro e nasço 3 vezes antes das 7 horas.

Lareira

de

Youtube

Parece fogo
Tem jeito de fogo
Mas não esquenta.

Todo amor
pelo oceano
pelas marés
e pela descoberta
soterrado na caverna
das horas
na tentativa
vã
de domar
cavalos selvagens.
Os suspiros são ossos
poeiras
nos sapatos.
Outra infecção glacial
escapa
da caixa de Pandora.
Magnólias, azaleias
e um soneto sob a grama.

Vim, meio cambaleante

vi, assim de relance,

venci, meio capenga:

quase que azeda a boia...
Nem todos têm o exército romano
pra dar uma mãozinha.

Teus olhos
vivos
fotografia
inscrita no corpo
no barro.
bêbados na rua,
as luzes incandescentes,
o dia quase amanhecendo.
Nos achávamos invencíveis,
brindando a Baco e ao fogo
e aos mares vibráteis.
Pensávamos nos eventos da lua
e em como e se nos afetavam.
Teus olhos
vivos
fotografia
inscrita no corpo
no barro.
tempestade!
terremoto!
que erupção foi essa
que dividiu a terra em dois
e encheu de mar?
foi o relógio
foi o dia
e foi a noite.
Ó deuses dos espinhos, espelhos
quebrados de rosa,

de carne e sangue
que moram nos rizomas
tira esse cristo, essa culpa
vaporiza os enganos
e nos dá de volta o retrato
fragmentado
dessa noite quando bebemos,
rimos e caçamos discos voadores
Teus olhos
vivos
fotografia
inscrita no corpo.

Não quero a flecha
que me atravessa
Não quero o elo
que me assola
Não quero o medo
que me impede,
Não quero o afeto
que me afoga.
Não quero o querer
que me desola,
esse beijo
que amorna,
essa mentira
não me serve,
e eu a visto
na mais errada das horas.

Uma vez a cada 34 cometas,
passado e futuro se cruzam no corpo.
Um céu espelhado persiste,
flutuamos no espaço,
o fogo apaga.
Raiva, groove, karma,
hipersono:
me acorde em dezembro
ou em antares.
O polo magnético inverso,
o fim possível do inverno.
Somos crianças no meio do incêndio
Somos moscas no vidro
Somos instantes
Somos distâncias
os pássaros
os pássaros
os pássaros.
Um poema que não sabe acabar.

Queria ser aquele poema que te mandei
E tu leu com tanto carinho,
Virando as páginas com dedos de afago
Deixando borbulhar nos olhos e no peito.
Dando nós na tua garganta,
Nós.
Nos poros.
Aberturas.
Queria ser aquele poema.
Penso que sou.

As civilizações caem
tudo que conhecemos vai virar cinza
muito antes do universo esfriar.
O conceito de curvatura,
o fá sustenido
teu amor
teu inimigo
teu poema preferido.
Sinto muito...
Mas é assim:
dança agora,
bebe agora,
calcula a curvatura,
a curvatura das estrelas,
calcula as estrelas,
faz poesia
inventa estrelas,
mete um fá sustenido
e um dó na sequência
(Toca aí, é diferente).
Ama, odeia, lê,
senta, e sente muito:
Ainda que sinta muito,
eu te sinto
e sinto junto.

Levo na mochila
Um garrafão de vinho barato
Barthes e Lorca,
Para tempos de crise.
Nos bolsos das calças e nas ventas
Cigarro, fogo, fumaça, incêndio.
Nas mãos lonjuras
Entalhes, escavações,
flores pretas da Turquia
No bolso do casaco
Um poema alugado
E outro escarrado,
Pra épocas de luta
Nos olhos, nas pálpebras
levo tua imagem,
teu nome, teu cheiro, revolução.
Nos passos levo pressa
E um peso de pedras que herdei.
As notícias são ruins.
São tempos difíceis,
E eu só não carrego comigo certezas.

Toda anatomia do amanhã
dissecada até os ossos pelas horas.
Borboletas e pupas revoam o estômago.
Fotografo venezianas
e os fachos de luz que trespassam.
Quase deslizo
entre vetores e magnetismo.
Atravesso as paredes:
desejo não pode ser represado
por matéria sólida
mas sim por medo e circunstância.
Hoje inabito as lamparinas
Rodeado de mariposas
Irradiando delírios e flores e insetos
Endereçadas ao ministério do adeus
Secretaria dos fluxos
No departamento do abraço
Pra falar com intendente das ondas
Sobre o relatório bienal da saudade.
Favor encaminhar para Ela.

Os girassóis secaram.
Mel é uma lembrança
de dias de colmeias.
Secura nos lábios,
no verso,
nos espaços entre as palavras.
Distâncias:
o coração quase não se ouve,
aperta.
Uma colher de desespero no café:
os erros são meus?
A chuva já não lava
e os lobos deitaram às portas.
Desassossego... a areia cai,
cobra o preço.
Esquece flor da manhã...
somos instantes.
Esse siso que tento arrancar
me doeu a noite inteira.
Acordei sem esperanças
E a garoa fina
me encharcou de desalento.
Me dá um desconto.
É domingo e tenho tanto,
e tão
pouco em que pensar.

Caro eu do futuro,
talvez as coisas estejam melhores
Talvez piores, mas nunca iguais.
Peço desde já desculpas
pelos problemas que estou deixando,
toda essa herança sem inventário,
esses medos todos
e tantos caminhos inacabados.
Fui relapso.
Errático.
Procrastinador.
Impreciso.
Imperfeito.
Sei que quando olha pra mim
do retrovisor
enxerga nuvens.
Por isso deixo também alguma poesia,
algumas cadências inconclusas
e algumas fotografias
de conversas em noite de sacada.
Te deixo municiado de versos,
de verbos, de amigos,
amores mal curados
e todo peso e leveza de meus sonhos.
Deixo algumas flores,
azaleias, magnólias, girassóis.
E tudo que sei de Van Gogh e Rimbaud.

Espero que receba tudo de peito aberto
e ache um espaço para acomodar
entre as tralhas do depósito,
com as caixas do sótão,
ou faça o que te convier desses ontens todos
que serão hojes nascituros
e devires noturnos
decorando a estante empoeirada do relógio.

Cultivo II

Um espaço ermo
Dentro do teu coração.
Quem dera meu amor fosse enxada,
Eu arava essa terra
E fazia uma plantação.

Lá vem Sísifo, montanha acima
no congestionamento.
Faz a conversão à esquerda,
terceira, segunda, primeira marcha.
Buzinas, tráfego, pressa:
Desembarque.
A pedra rola abaixo
o dia inteiro até às 19.
Lá vem Atlas
subindo a rua na bike.
Carrega o mundo nas costas,
vai tocar o interfone,
entrega feita.
5 pila,
De novo
De novo
De novo
De novo
De novo.
Mais um dia.
Lá está Orfeu em quarentena
em seu plano
entre 4 paredes.
Regou as plantas
e suspirou na janela.
Toda quarta-feira
parece de cinza
desde fevereiro.

Ícaro,
não quero dar uma de Dédalo
mas tua ânsia por alturas
e sóis de biqueiras
vão tornar tuas asas em pó
e a queda é questão de dose.
Deito cansado em meu elísio
enquanto Pandora abre a caixa.
Fumo um crivo, bebo a Dionísio
e penso sozinho com meus botões,
em que tragédia grega moderna eu existo.

PUNCTUM

O céu azul abraça
os Andes imponentes.
A poeira salgada do Atacama,
sob um horizonte pacífico
de lutas,
e eu nem percebo nada disso,
Pois na foto tinha ela,
o sorriso dela:
El sol de sudamérica.

Pra falar do que é divino
me livro de qualquer metafísica,
convoco o gozo
a imanência
o beijo
o sussurro
o fogo
as faíscas
e a pele.
A rocha,
o limo,
as mariposas,
o cheiro da grama úmida.
Me apego
a parte da música que cresce
muda de tom,
a página 78 do Caeiro,
nosso encontro (terremoto).
Convoco a bergamota no sol de inverno,
o devir sol
o devir nuvem
o devir berga.
O sagrado é tão terrário
que sangra, sua, soa
ressoa nos poros, no pelo.
Vive na pedra, na terra preta
na casca, no vinho, no copo

na fumaça,
nos olhos
nos versos.
Pra falar do divino
renego divindades,
as torno carne e corpo.
Sou devoto do tempo
(não do relógio)
do fluxo, do desejo.
Despido, descalço, alerta
persigo correntezas,
pois hoje é sábado
e os pássaros revoam edifícios.

As pessoas são tão diferentes...
Conheço gente que gosta de bife de fígado.
Eu já não sou chegado.
Tem uma galera que curte muito açaí,
e vários outros que dizem que tem gosto de terra.
Tem gente que come caviar
(sim, me soa bem burguês),
mas convenhamos, ovas de peixe...
é esquisito.
Um amigo meu não gosta de café!!
Eu já sei o que vão dizer:
não dá pra confiar em quem não gosta de café,
mas acredite, ele é gente boa e confiável.
Refri zero é meio estranho também,
gosto de remédio, aliás, refri num geral não é
consenso,
(muito açúcar, muito sal, me dizem as paredes).
Tem um pessoal que faz apologia ao Corote,
já eu acho meio mééé...
Conheço veganos, vegetarianos, onívoros,
hábitos e gostos bem diversos.
Uva passa no arroz, panetone, mocotó,
maçã na maionese,
bem passado ou malpassado,
feijão com massa, salsicha de frango, rúcula, berinjela,
ambrosia, pimenta ou mais pimenta: gosto é gosto,
e eu acho massa potencializar experiências sensíveis,

encontros com sabores, com a diferença.
Eu só tô dizendo mesmo isso tudo pra dar uma
contextualizada,
e dizer o quanto fico embasbacado,
atônito, surpreso, admirado e reflexivo
imaginando aqui,
como você desenvolveu esse paladar tão especial,
tão curioso,
esse gosto tão exótico e constante
de lamber botas.

Enxergo uma orelha
No teto branco.
O vizinho arrasta os móveis.

Cada centímetro
do que não há.
Cada segundo atlântico
em relógios quebrados.
Cada detalhe intangível
de cada sussurro em simulacros.
Cada oceano entre
todos esses novos continentes.
cada nada
cada não
cada impossível
cada vácuo
em poeiras árticas.
A sede que não cede.
Gelo.
Cada invisível
do que não te constitui.
Olhares de paisagem
natimorta.
Cada litro,
de mares abissais.
Um sol alienígena
deixa de nascer em Polaris.
Cada palavra/mergulho
que se perde em dias índicos.
cada escolha
espelho/espaço
em branco

no (des)encontro
escombro
nos nossos mares,
pacíficos...

Descolonizo penínsulas,
a fita métrica que dá número
aos corpos.
O fora e o farol.
As linhas são vivas,
imanentes aos beijos
e às centopeias.
Nômade, na areia em que tudo devém,
desterritório movediço.
Traço novos trópicos,
cartografo as gramíneas.
Se ontem quis ser folha
pétala e vidro,
hoje desejo ser granada,
molotov/trovão/sangue.
Já quero a flecha
e seus versos,
o vento
e a intensidade dos poros magnéticos.
Aiônico!
Pororoca de outramentos:
o fora
o farol
o istmo.
Ritmo.

A sinaleira pinta de vermelho a rua,
o lago asfalto r(o)uge
e o violino cresce.
mergulho em passos apressados,
as cordas enlouquecem.
algo me percorre,
sensação sem nome. capturo a noite,
mas não tenho a noite.
a noite...
assim como não tenho o vermelho.
o vermelho...
eu também não tenho um nome.
olhos venosos acenam.
Epílogo:
espera que as asas dormem
as nuvens sussurram
e a rua sangra frestas.

Ela é linda, cara,
como que eu posso descrever...
É como um morango chinês,
uma fruta rara, exótica,
mas ainda assim familiar
Como uma poesia da Hilda Hilst,
suave, afiada, luminosa.
É como um dia daqueles em que a gente
chega até a lembrar do tom azul royal do céu.
Ela tem pétalas amarelas no beijo.
Brisas na voz.
Alguns sóis nos olhos
e risos de supernova.
Tem paisagens na pele,
geografias.
Eu, cartógrafo
traço uma pesquisa intervenção,
a chamo de pangeia.
Ela é tão linda,
e eu não falo só de beleza.
Ela é linda como um greve de relógios.
Como uma dança
e como o fogo.
Ela tem mares,
aconchegos,
no corpo e no atrito:
o caos.
— Ouvi dizer que a noite tinha estrelas...
— Sim! Todas!

Não é sobre a previsão do tempo

(nem sobre a chuva)

Revoadas
dispersam-se
entre o vento
que sibila nos becos.
Uma sacola bailarina
faz piruetas
entre as faíscas do ar.
Um doguinho caramelo
insiste em anunciar
a eletricidade.
Ignoro as pistas.
Passos apressados
da mina de blusa esquisita:
tensão.
O céu escurece
e se choca contra os edifícios.
Os insetos encerram o expediente
batem o ponto.
Gotas pinicam
pingos pintam o chão.
Todos os sinais
e eu distraído, ensimesmado,
sem guarda-chuva
só percebo a chuva,
quando ela encharca meu sapato.

O elefante que dormia
Em cima de meu peito,
me deu uma folguinha.
Deve ter afazeres importantes,
compromissos de elefante,
lá pros lados do mercado.
Talvez tenha um encontro com o teu elefante...
Não sei que horas ele volta,
Talvez não volte, levou mala e chapéu.
Só queria contar desse meu respiro,
dessa tarde menos plena de trombas e paquidermes,
apesar dos pesares.
Claro que a marca da bunda enorme dele ficou
ali, marcada,
mas meu coração pôde dar uma esticadinha, alongar.
Acho até que vi vagalumes,
no meio da parada de ônibus...

INCÊNDIOS

Senhorxs e senhorines,
agora que já vos dispus minhas tintas,
encadernei os volumes,
talhei rochas aos olhos súbitos,
li no coreto, praça pública
com uma boina e bongôs,
de gola rolê, bem pretensioso,
agora que tenho,
assinada em cartório,
minha declaração trapaceada de sanidade,
lhes peço licença,
Pro devaneio
Pro delírio
E pro bater
Das asas
Das moscas.

Círculos concêntricos
Nas lavouras/vincos da pele.
O chão brota falsetes
Ondas, poros,
frequências terrárias.
Aquela memória fotografada
Do fluído aquário
Da fumaça da boca,
Anti gás lacrimogêneo,
Revoluções. Dobras.
Uma fuga
Das esferas, orbes,
monumentos oxidados.
Sinais, inscritos
Na plantação
Da fazenda de formigas.
Gritos da estrela,
Haicais alienígenas.

[[[EFEITO MAGUILA]]]

1000 mortes
e sob o colchão
fogo e retalhos.
Inscrições sanguíneas:
o corpo que queima,
resiste em chamas!!

Dor

Frio

Isolamento

Solidão...

Morte...

Resistência
em frestas possíveis.
As torções,
as dobras,
o choque contra o choque.
Insurgências,
de dores sem sujeitos,
projeções [encurraladas]
e peles incandescentes.
Potências aniquiladas
em gritos fronteiriços
entre a norma e a vida.
Espaço-tempo-voz

rebelião de si.
Limítrofe.
O intratável

     o desejo

        a fissura

           o interdito

              Tânatos

combustão!!
O antimonge queima nas torres de castelos não
ascéticos.
Pílulas de silêncio,
monarcas vomitam
simulacros,
manicômios:
são isqueiros na noite,
e luzes ardem.
O invisível se esgota
e o estigma é teu emblema:
tua estrada.
Linhas de fuga

_____

em territórios
          nômades:

_____

limite e utopia na carne.
Os impossíveis
O insuportável.
A vida no

                        centro,

nos poros insurgentes.
Teu corpo dorme às margens,
pois não nasceram
pra sementes.

2 horas fora da geladeira —
10 minutos no micro-ondas —
30 minutos no forno —
e nada de descongelar o peito.
O celular toca,
espero que seja você,
pois só de te imaginar voltando,
já sinto uma fogueira cardíaca,
alguns pingos escorrendo
e o coração quente de novo.

Noites de combate,
e noites de poesia:
versos, edredons
e guerras frias.

Um dia desses em que os lobos deitam às portas
E eu sou a caça.
Devo
Logo
Temo.
Coração na boca
O peito inverna.
O quarto é beco
Sem saída.
O ar estreita.
O açúcar
Das caravanas orientais,
Já é mar,
deserto de sal,
e mareja medo.
Já é tarde
Ainda é cedo,
nunca é hora.
Relógios de celulares
não se movem.
E o que me move?
As pernas.
E os tambores.
Às portas os lobos.
Que entrem,
e façam seu jantar.
Já não estou mais aqui,
nem lá.
Apago as luzes.

Levanta
sacode a poeira
dá a volta por cima
mentaliza
ajusta esse mindset
cocria
é só querer
gratidão
transcende
bota um sorriso nesse rosto
acredita
trabalha
enquanto eles
dormem
você consegue
você pode
focaliza
sai dessa
bola pra frente
é só querer
enfia o dedo no cu
e rasga _____ O _____
sai dessa
energiza
você pode
é só querer

Hoje vou escrever
e não vou falar dela.
Não vou falar desse
raio que cai de novo
em tempo claro.
Essa febre tópica que acomete os corpos.
Da coroa solar.
Dos trópicos.
Vou falar de Beatles,
do fora Bozo,
de peixes-boi.
Posso até falar do mercado de ações,
mas não vou falar dela.
Do enlace nas horas
e das brisas,
desse transe, transa,
esse ruído entre os sulcos do vinil
entre as faixas,
entre os silêncios,
disso não vou falar.
Vou falar sobre poemas,

sobre escrever poemas,
ou sobre como o poeta é isso ou aquilo.
Mas não vou falar de oceanos,
de magnetismo,
de ciências voláteis,
ou mesmo das cicatrizes
e das madrugadas.

Até porque nenhum verso
contém uma gota da poesia
que é o cheiro que ficou nesse travesseiro.
Vou falar de Kurosawa
De Godard
De Rimbaud
De Conceição Evaristo
De Clarice (ou talvez seja como falar dela também).
Vou falar de astrofísica
De jazz e de frutas
Mas não fique esperando aí
Não adianta insistir,
Porque dela eu não vou falar não.
E tenho dito.

G
E
L
É
I
A

Eu já te disse, não se deixe levar por esses caras.
Eles vão esmagar sua cabeça,
colocá-la em potes com rótulos coloridos
e vendê-la em supermercados,
pras famílias e amigos deles
passarem no pão do café da manhã.
E você sabe, o lado do pão com a geleia
sempre cai virado pra baixo.

Se aqui estou agora
debruçado sobre uma folha em branco,
é porque procuro
um pouco de conforto nessa escrita.
Vejo minhas frases se aglutinando em versos
e é como se isso escorresse,
acontecesse como ao sabor de ventos quentes.
Como se isso vivesse no pelo, no olho.
Não que não saiba empilhar frases de outro jeito,
mas aconteceu assim, como em muitas outras vezes.
O fato é que sofro, padeço agora
de um alvoroço, que pororoca pensamentos/sensações.
Confusão. Em pane o corpo,
inscrito, escreve nebulosas
Tenho certo constrangimento de alguns desses
sentimentos,
são sintomas, diria a analista,
neblinando desejos, engaiolando territórios.
Nebuloso.
Outros desses nem sei dar nome...
Essa massa disforme e sem bordas.
Talvez por isso o formato de poesia,
como se só por isso
os sentimentos ganhassem lugar,
se estratificassem,
e aqui olhando pro papel
perceberia um sentido quase metafísico,
e tomado de uma epifania

diria em alto e bom som
observando esses monumentos:
— Então é isso!!
Mas nem sei.
Talvez a poesia tenha limites.
A linguagem...
Eu certamente tenho os meus.
Como autor inclusive,
ou principalmente.
A escrita talvez não seja remédio,
uma cura.
Talvez seja só o jorrar, o escorrer,
o pelo, o olho, a nebulosa. A imagem,
A foto que te mostrei anteontem.
Só o fora,
O inutensílio.
Xilofompilas
Ctg ggjidehknfe
Bgfdshjbnkkjb
Xxxxxxxxxxfxxxxxxx
Te entrego aqui
meu fruto,
Meu ventre
Meus entres
Meus entretantos.
Meu suco
Meus santos
Estrelas

O ano do elefante

E moléculas
Um fagulha
Ossos
minha dor
E meu afeto vespertino.
Faça o que te der na telha
desses riscos pretos
dançando enfileirados
em linhas brancas.
Toma essa dança
e abraça,
que ela não é mais só minha.

Renego signos em estrelas mortas ou constelações,
fótons caminhantes, anos-luz
de distância de percevejos e madrigais.
Não sou regido por danças cósmicas,
mas pelo vento norte.
Me ligo a supernovas pelos átomos,
não pelo destino.
Tenho raízes, me inscrevo na rocha calcárea,
nas horas,
nas páginas desses vapores horoscopulares.
E por isso a sorte de hoje para aqueles do signo de
ácido sulfúrico
é de dia bom no trabalho, viajando em ondas
epidérmicas,
e se te marca o ascendente em cadela Laika,
aí a viagem será só de ida.
Caso tenha a lua em prosa beatnik
cuidado com o ônibus no contrafluxo.
Pro signo terrário de Florbela Espanca
o momento é de desentrevar as porosidades
e desenhar bailarinas nas retículas iriáticas.
E pro signo de lamparina em terça de solstício
tua afinidade com os insetos e o elemento lágrima
te traz tormentas e ventos cardíacos.
pros mariposianos, faíscas polares
desencontram firmamentos e o uísque se torna
uma opção.
Você com auroras sígnicas de mar aberto,
os edredons oferecem segurança e devaneios.

Passe um café e planeje a derrubada do governo.
Mas cuidado! Ascendente em Arraia de água doce
Desconfie de toda sismologia dos corpos,
a época é de terremotos nas varandas
e tautologias eruptivas escorrem nas telas.
E por fim o signo gnosiológico de devir-barata
e sua íntima relação com as inutilidades.
Ocupa-te do teu Gregor Samsa na caixa torácica,
Injeta-lhe fôlego e ar venoso,
oxigena tua rua do ouro, e espera
que não há mais o que fazer.

O GPS disse
há 400 metros estará seu destino.
Isso é o mais próximo que vou chegar
de saber o que vai acontecer
ou da ilusão de um destino.

Se um raio
Cai em mim
Em uma floresta
E ninguém vê,
Eu existo?

Uma volta completa
na órbita da sacada.
As cinzas circundam
relógios solares nicotínicos:
retornamos ao lugar/tempo
partida/chegada.
Sombras atentas
às tuas tragadas, maquínicas.
Fumaça já não se vê,
e somente o cinzeiro
Presta testemunho
Da sede, fissura, do fogo, do incêndio
Que se fez das bocas.
O inverno longou lonjuras,
mas se acende a tarde
e a noite ascende.
No cemitério
de suspiros elefantes
as linhas dormem
e acordam preguicentas.
Despertamos então
e tudo cheira a flores e cigarros.
Numa manhã nada qualquer de primavera,
meus olhos sonham teu olhos
e teu sorriso veste o meu.

Às vezes sinto que me debato
Como um peixe fora d'água,
Com o olho esbugalhado
Fazendo um esforço danado
Uma pantomima de nadadeiras,
Pra não sair do lugar,
Esqueço de respirar.
Com isso fico pensando
No primeiro peixe que olhou pra fora d'água
e pensou em todas as possibilidades:
o ar, as planícies,
aquele lugar novo e misterioso,
Tentando fugir das rotinas aquáticas
e dos assuntos dos cardumes.
Esse Magikarp inaugural.
E isso tudo pra eu estar agora
sufocando na margem,
agindo como se tivesse guelras,
esquecendo do dia/fragma
E dos ritmos pulmon/ares.

Não tenho interesse, me desculpe,
nesse mapa do nascedouro de ideias,
esse elefante atrás do arbusto.
Pode me dizer, "mas como que não quer saber?
Amanheceu com o bolso esvaziado delas"...
Mas te digo:
o chumbo sempre cede
às massas de ar,
correntes de ar frio,
Saudades extratropicais.
Porque eles dão nome aos furacões,
mas não nomeiam a brisa?
Pois foi nessa onda corrente,
nesse momento riachento,
que te percebi de asas!
Não asas comuns,
ou asas de anjo.
Eram asas de inseto.
Apressadas,
menos elegantes,
asas de cigarras.
E você fez aquele barulho contínuo e agridoce
de tardes de laranjeira.
Não soube do que falava.
Não entendo a língua dos insetos,
ou língua de sinais.
Não entendo de sinais.
Tenho certeza que era algo sobre os ventos,

dando nome a eles.
E sim, eu estou, e estava sóbrio.
Sóbrio como a virgem Maria
E como o diabo.
Também vi luzes no céu
E os prédios submersos no ocaso,
Mas não contei pra ninguém.
Não pretendo estragar a janta
E noite
Dos nômades subsaarianos.
Não hoje.

O domingo é sombrio,
Eu sei Billie Holiday.
E nem esse sol
me deixa esquecer.
Junto escombros, pontas,
latas e tocos de cigarro.
Ergo (meus) pedaços (meus),
o melhor que posso.
A cabeça dói de ontem
o coração de hoje e sempre.
O corpo ressoa a falta dos sinais
fora das antenas.
Domingo.
Sobrevivo.
Derreto entre as frestas da varanda
e fundo nos poros,
abaixo do sofá
uma cidade.
Ali encontro o beck que perdi no outro dia.

O ano do elefante

No platô das pedras melancólicas,
Mastodontes, mamutes e ambulantes
Digladiam.
À parte dos eventos do meu café,
Godzilla salva Tóquio de novo.
Mas a que custo?
Vidro
Viga
Estilhaço
E ossos.
Dormimos afogados
Apunhalando os sóis
Cuspimos como alpacas,
E fumamos óleos quentes
Cochilamos: um olho aberto
E outro fechado:
Os dinossauros!
No terraço!

Corpos Zepelins
Que navegam
Com o vento
A favor
Ainda
Precisam
De poesia?

Heliopoesia.
Não esqueçamos
do Hindenburg.

Sou um navio desancorado,
um papagaio desaforado,
mandando todo mundo tomar no cu.
Sou um trem-bala sem trilho,
imagina como me arrasto pela cidade.
Eu também sou a cidade.
Tenho periferias e orlas.
E sou o pior mágico que você vai ver,
nunca acerto a carta que você escolheu,
de minha cartola só saem os ratos
ou nada.
Sou o flautista,
sei que não vou ser pago
pra levar todos os ratos.
Eu sou o segundo pior humorista
de toda cidade baixa,
o pior chora bem mais,
Nem tenta ser engraçado.
Sou um poeta sofrível,
não entendo de paixão,
os pólos magnéticos
invertendo-se nos ombros,
não entendo de nada,
só finjo saber.
Aperto os olhos quando falam
de salamandras andróginas
ou de constelações,
pra parecer inteirado,

Inteiro.
Tenho me sentido
o pior dos transeuntes.
Sinto saudades
e não entendo bem de saudade.
Amanhã vai chover,
e eu vou contar os relâmpagos.

Somos a soma das nossas decisões?
Somos uma pilha de enganos então.
Muito mais erros que acertos.
Sabe aquela imagem do iceberg
Que sempre se usa pra falar da diferença
do que está na superfície, e abaixo da linha d'água?
Em cima os acertos, a parte visível
Embaixo os erros.
Imagem ruim,
Foi essa parte que arruinou o Titanic.
Ou talvez o Titanic fosse um monstro
Uma quimera presunçosa
Um arroubo megalomaníaco,
Só esperando pra ser desmascarado.
Mas devia ter muita gente boa ali.
Aliás, nunca entendi por que o Jack não coube com a
Rose naquela porta.
Divaguei um pouco.
Mas faz sentido falar de um filme,
A primeira frase do poema veio de um.
Talvez não sejamos a soma das nossas escolhas,
Talvez sejamos a diferença de nossas escolhas
A potência de nossas escolhas
A raiz de nossas escolhas.
Prefiro pensar que não somos
Um saco inflado de faltas,
Uma mala de desventuras,
Uma bagagem que carregamos nas costas,

Ou arrastamos pela calçada,
Marcados, finitos, prontos pra embaralhar as pernas.
Podemos ser as possibilidades de escolhas,
Criar linhas.
Te proponho isso.
Não estou em posição de fazer propostas,
Mas penso que olhe pra isso
Não existem acertos,
Talvez erros existam,
Icebergs certamente existem.
Mas logo ali
Vejo lumes
faróis
Olhos atentos
Enseadas
A baía dos piratas.
Ali dá pra descansar um pouco
Dos mares nórdicos
E das pedras geladas.
Além disso ouvi dizer que o navio indonésio
precisa de tripulação.

O ano do elefante

Coo o ranço da manhã na cafeteira
pra beber flores.
Filtro a ânsia dos abraços
com sóis menores,
e alguns raios de horizontes
nascem pelos poros/venezianas.
Perco as frutas amarelas do bolso,
descuidado sonhando nuvens,
e tragando maços de solidão
mentolada e sem filtro.
Preencho papéis com idas e vindas,
rio dos desníveis no apê.
Ah quem dera sobrevoar as bandeiras piratas
com versos/naves/corpos sem órgãos.
Quem dera eu percorrer a tua vista da janela.
Aqui na noite, ascendo as chamas cítricas,
enquanto chove o céu aqui na areazinha,
e te confesso: volta e meia as samambaias
sussurram teu nome.

Bom poder fazer um pouco de poesia
sobre céus, movimento e nuvens:
Cumulonimbus.
Cansei um pouco de escrever
sobre e sob tetos de apartamentos
3x4 no térreo.
Hoje morreu o Maradona,
e o que diabos se passa nesse lugar?
Esse vento parado,
água parada dando mosquito,
remexo o dedo mínimo
e uma onda percorre o corpo.
Elétrons.
Saio a caçar sóis e luas e asfaltos.
O vento parado
Não balança a cabeleira,
mas vejo a cidade de longe
e me sinto um pouco parte dela.
Estando fora dela
percebo um frágil cordão umbilical
invisível e instável.
Sentia falta desses sobrevoos, planadores.
Quando eu era criança
queria pilotar aviões
em dias como esse.

Ali acontecem eventos,
Onde as placas tectônicas se encontram.
Montanhas, abismos depressões
Lava, atrito.
As fossas oceânicas
me mandaram e-mails
me pedindo pra sorrir.

Enquanto o leite
Se mistura em Andrômeda
Devagar,
Cosmo,
Devagar,
Em superterras,
Sóis explodem
Em câmera lenta,
Devagar,
Seu Otacílio se pergunta no sofá
Se trancou a porta do escritório.

Paus, pedras e átomos,
Ragnaroks sutis,
pequenos apocalipses no quintal,
na sobra da pele do cotovelo.
Buracos negros de mesa.
Sabe do que falo, não?
De gestos
minutos,
suspiros,
o mar da tranquilidade
e suas crateras,
suspiros.
A camisa do seu Edmilson,
pequenos massacres ciliares,
um Armageddon no formigueiro,
no pátio dos fundos da dona Salete,
bem do lado da laranjeira.

Dois, Um

Bate
Mais
Água
Em
Boca
Mole
Fura
Mosca
Voando
Até
Que
Mão
Dura
Fechada
Tanto
Entra
Pedra
Que
Não
Vale
Pássaro.

Em vez de escrever poesia
devia construir bússolas.
Te enviar algum sul,
ursas menores compassos,
certezas astrolábicas...
Difícil né?
Não sei de ímãs
e de aparelhos,
infelizmente.
Em dezembro
saturno e júpiter
estavam alinhados.
Não sei o que isso diz sobre nada,
só do que desejo.

Deserto
Deserto
Deserto
Rocha
Areia
Deserto
Rocha
Sede
Areia
...
Rocha deserto
Noite.
Areia
Areia
Areia
Deserto
Deserto
De que horizonte falávamos?
...
poemas
  são dispositivos
    que permitem
      cartografar
        exoplanetas
          com a exatidão de um despertador.

Marlene tecia
Dia após dia
Fio após fio
Linha após linha,
Com cuidado,
Afinco,
Atenção
Tecia,
Bordava
Ponto após ponto,
Minuto após minuto
A tapeçaria de sua vida.
Pena que naquele dia,
Uma terça-feira,
Um meteoro destruiu a Terra,
Marlene estava dormindo.
Agora você me pergunta,
Como estou aqui falando disso,
pós-apocalipse?
Como sei tanto sobre Marlene?
Tenho superpoderes quando escrevo.
Onisciente de tudo que me brota
Onipresente na folha em branco,
um pequeno tirano
Onipotente,
Confesso:
Eu que mandei o meteoro,
E eu era a tapeçaria.

Convite ao fogo

É assim que termina
Um pouco mais,
A fraca luz que havia?
Pólvora, ferrugem
E eles dançando
Sobre nossas covas.

O mar báltico que dilata a orla da língua,
Essa reza estrela vermelha,
Uma tundra manhosa
No covil de minhas digitais.
Nada se apaga e tudo sonha
Se o assunto for a translação.
Te conjuraria túneis sob o halo solar
Se tivesse fitas de açúcar mascavo,
mas também posso afirmar o mi menor,
Gritando os calores na praça,
Com meu melhor chapéu coco.
Acordei itálico como a torre de pisa,
Bufando como Tiaraju em seu cavalo aerossol,
Todo redondo, um guri alienígena.
Nada me indica que peixe abissal me apadrinha
Anjo da guarda panóptico,
mas me dá um conforto tectônico
quase autoapocalíptico
De que há movimento,
Na areia das axilas.

Mesmo cansado
de estar tão consciente,
alerta, olhos abertos, vidrados,
não quero dormir agora.
Lanternas de vidro,
as montanhas me pareciam santos,
a nuvem voadora é apenas ontem
e já tarde, já foi cedo.
Velocidadetempodistância,
vigília no mangue do edredom,
e eu engulo o sono.
A luz incandescente
enfebra minhas ideias
mormaço dentro então,
cuspindo ranço morno
em mim, amanhã.
Não quero dormir agora,
hoje foi punk.
Eu quero a maré alta
No bolso do meu calção
Eu quero o possível
e o que não se pode ter,
labirintos de chiclete ácido,
labirintites de equilibrista,
Getsêmanis de apartamento,
Vidas molares, molas, trampolins.
Os exoplanetas da mercearia,
Eu quero ela, toda linda
Alinhada às orbes,

E quero todo percalço
Das sinfonias da bile,
Dos bailes nas escadarias,
nas bocas, gigantes gasosas,
nos trópicos noturnos
Que represam pálpebras.

Uma atmosfera de íngua se dissipa
Se veem dois ou três pés de sabe-se lá o que...
Entre eles toda sorte de amarelo e ondas,
rizomas na menor harmônica,
e insetos de Jacarta e Xangri-lá.
Toda trombeta era relva e Whitman.
Logo os dentes vertiam o ocaso,
vertigens sci-fi reticulares
cascateavam bergamotas de hélio e hidrogênio.
O cascalho diafragmático dava seus nós
e nós atentos circulávamos os signos
da superfície das cicatrizes das sobrancelhas,
Até o dia.

Neve de isopor
na abóbada dos olhos.
Alpes de mim,
superfícies, planícies,
depressões.
As pressões atmosféricas
das 19:47.
A palavra é lavra
e todo nada
que se sucede.
A cegueira da neve
canta um horizonte
de paisagem morta viva.
E se me perguntarem da vida,
O que digo?
Corda bamba de encontros,
um monstro do lago
no travesseiro, às 02:20.
Alterno amor, abraços e sussurros
contra muros, furos no vento.
Existem caminhos,
e existe o momento.
6:00:
Tudo há de passar,
principalmente o café.

Quando embarco
um pensamento insistente
embarca comigo.
Sento no chão, vagão lotado:
testo possibilidades.
Fones de ouvido,
lounge, vapor wave.
Esqueço um pouco,
mas na segunda estação ele volta.
Soterro ele com um pouco de Chico.
Funciona por um tempo...
Na quarta, quinta estação
um cheiro estranho me distrai.
Cheiro de óleo, de cidade.
Drexler não, Devendra não...
Calcanhoto, Cordel, sem clima.
Um jazz então me acalma,
aplaina as arestas,
as ideias: Chet.
um fim tão trágico...
Isso dura até a metade da viagem.
Tento metal pra variar,
pra combinar com os trilhos.
Bumbo duplo, intensidade,
agressão.
Dá certo. Preenche o espaço.
O sol começa a aparecer sem pudor,
e o sono também.
No milésimo sol,

O amanhecer ainda é bonito
Baixo a guarda, a imunidade,
o pensamento volta,
sorrateiro, pé por pé.
Na oitava estação
apelo pro meu disco preferido.
Em arco-íris, me afago um pouco
me afasto.
Na próxima eu desço,
ainda tem uma boa caminhada.
Pós-punk russo? Progressivo peruano?
Bossa? Trip hop? Fela Kuti
Bjork talvez... Hoje não cogito o silêncio.
O que essa galera toda escuta
pra abafar essas ideias invasivas?
Será que são acometidos por esse oceano,
essa maresia, essa ressaca de dentro pra fora?
Os olhos deles me dizem algo.
Devaneio nesses olhares
acima das máscaras.
Universos, dores, afetos.
Vejo um pássaro no Guaíba
imagino que sou eu.
Segunda-feira de novo,
você me invade demais.
Desembarque.
Talvez Chopin, Bartok,
ou algo maquínico
pra emular esses prédios espelhados.

No mural antes havia uma bailarina,
Agora tem informações sobre esse
Micro-organismo que se replica a esmo,
essa réplica do mesmo.
Repetição,
a morte da diferença.
Eu sei, não precisa falar: utilidade pública.
Mas tenho meus delírios de cronópio,
Sonho com reinos de absurdos,
Com dança, com movimentos
Inutilidades, giroscópios
inutensílios.
Eu sei.
Importante.
Mesmo assim sinto a falta das cores,
Uma zona cinzenta se coagula na paisagem.
Me permita uns minutos de pesar pela bailarina
Pelas vidas
Esse vento doente.
Inspiro, expiro através da máscara,
preparo o peito para outra luta.
Embarque pela esquerda.

Na estação imaginando se o trem vem depois da curva,
tomo uma distância, abaixo um pouco a máscara pra
acender um crivo, não vejo a placa.
— Mano, isso não é poesia, é só descrição...
Eu sei, eu sei. Já ia chegar lá.
Fico olhando o cigarro queimar.
Se poesia é tempo, ou sobre/sob o tempo,
tá aí uma imagem muito boa:
Queimar como um cigarro.
Eu já te falei disso,
se eu aproveito esse cigarro, ele queima mais rápido.
Se eu deixo ele entre os dedos, ele queima devagar.
É sobre tempo e fruição.
Sobre paixão.
— Cara, tu tá muito chapado.
É quase poesia. Mas bota essa máscara, não devia nem
ter tirado.
Larga mão de fumar crivo, e ó lá! Tá vindo o trem.

O corre

Imerso em mares ocultos
flutuo entre escombros.
A serpente sorrateira
rodeia com promessas fáceis,
mas o olhar cansado
e o escudo na mão direita
já pesam os ombros.
No frio de maio
o prazer virou pranto,
o pranto virou seca
e a terra-pele não respira.
Levanta o vapor do asfalto:
Meio dia e mais um corre.
No seio esquecido da mãe rua
as amarras apertam e deixam marcas,
e no trago da madrugada
geme o sereno:
A tragédia é inscrita no peito.
Miserável, despido, translúcido
me torno invisível a olhos brutos.
O abraço de outra dose se dissipa:
É abandono, é falta.
Os ratos murmuram facas,
Mas a próxima paranga anestesia.

O ano do elefante

As árvores mortas da cidade
Caíram todas na ventania de quarta.
Eu sigo de pé
Por enquanto
Permaneço
Vivo
Casca
Seiva
Raiz
Vontade.

— Bom dia, seu Antônio!
— Só se for pra ti.
Já imaginou dormir na pedra
com medo de faca
fome, farda e frio?
Era isso.
Hoje não tem bom dia.
Hoje não tem poesia.

Poesia
Não
Poesia
Hoje
Poesia
Ontem
Poesia
Amanhã?
Poesia
...
Poesia
Poesia
Poesia
Abraço
Poesia
Antipoesia

Poesia
Dor
Poesia

Poesia
Bocejo
Poesia
Boceta
Poesia
Por quê?
Porquê
Poesia

Quantas palavras
disse sem necessidade.
Quantas palavras escrevi à toa...
Seguem dezessete silêncios
que venho devendo:

...

O ano do elefante

espaço

SILÊNCIO!!

Tenho acesso diário

Ao observatório do Chile.

Com a poesia:

Observo outros planetas.

Escrevo universo na folha em branco

Esse verso perdido no meio da página

I

S

S

O

N

~

A

O

´

E

U

M

P

O

E

M

A

Queria morrer
escrevendo um poema.
Mas, pensando bem,
que não seja este.